Las gallinas de la señora Sato

Escrito por
Laura Min

Ilustrado por
Benrei Huang

Traducido por
Alma Flor Ada

GoodYearBooks

El domingo fui a ver las gallinas
de la señora Sato.

El lunes contamos dos huevos
blancos.

El martes contamos tres huevos
color café.

El miércoles contamos cuatro
huevos moteados.

El jueves contamos cinco huevitos
pequeños.

El viernes contamos seis huevos
grandes.

El sábado no contamos
ningún huevo.